लाहौर दी लव स्टोरी

ARMY PRIDE

सुमीत कुमार

सुमीत कुमार

सुमीत कुमार, एक वयस्क जो जीवन के कई चरणों का अनुभव करता है, एक प्रसिद्ध लेखक और नए युग के लेखक हैं। वास्तव में वह एक लेखक होने के साथ-साथ गायक, कवि, शायर, उद्धरण लेखक, गीत लेखक और एक कलाकार भी हैं। एंकर या स्टैंडअप कॉमेडियन। उनके बारे में बहुत ही रोचक और दिलचस्प तथ्य यह है कि वे नए युग के लेखक हैं यानी उन्होंने अपने लेखन की यात्रा उस उम्र में शुरू की जब वह अध्ययन करने के लिए स्कूलों जा रहे थे। उनकी 100 पुस्तकों की स्ट्रीक महान होगी भविष्य में उनके लिए उपलब्धि, उनकी कुछ प्रसिद्ध रचनाएँ यानी प्रेम की परिपक्वता (शैली _प्रेम) स्वप्न की

गोपनीयता (शैली-मध्य वर्ग की जीवन शैली)।

आप नोटियन प्रेस, अबे बुक्स, इम्युजिक इन, फ्लिपकार्ट, एमेजॉन, किंडल, इंस्टेंट रीड लाइक ईबुक, किंडल, गूगल, इंटरनेशनल साइट्स और कई अन्य से भी उनकी किताब खरीद सकते हैं।

स्पॉटिफ़ पर पॉडकास्ट: @ ब्रोकन हार्ट

इंस्टा आईडी: बुकहब92

जीमेल: सुमितकुमार 88234

लिंक्डइन: सुमीत कुमार

क्रम-सूची

प्रस्तावना

मोहब्बत का मतलब ये नहीं होता की वो हमे दो तरफ़ा हो, कभी कभी मोहब्बत एक तरफ़ा भी होती है कोई वजह नहीं होती, अगर मोहब्बत में कोई ऐहा मूर आ जाए जहां सिरफ और यहां बहुत ही मन रह में आए हो वो कभी आपके उनसे में थी ही नहीं, तो बेहतर है की उसी मंजिल पर वापस लौट चले जहां हमारा खामोशी इंतजार कर रही है.... कहते हैं इश्क एक ऐसी दुआ है जो समय आने पर दर्द देने का भी काम करता है और बे-शुमार दर्द लेने का भी कभी कभी ज़रिया बन जाता है। ये इश्क का ज़रिया है मिटये तो मितये कैसे, कभी तुम गलत कभी हम गलत बताया कैसे। ये जहां कहीं केह रहा हूं क्यूनी में इन सबो से पूरी तरह वक्फ हूं, न तो वो अपनी मोहब्बत जहीर करेंगे और न हम कभी अपनी मोहब्बत जहीर करेंगे तो ठीक यही दर्द दे को बनने हैं ही जाता है। मोहब्बत की आगर उमर होती ना तो ये उस खुदा की आज परचा होता। मोहब्बत में समाज नहीं होते हैं। नम्र होते हैं क्योंकि सच्ची मोहब्बत उन से देखी नहीं जट्टी क्यों होती है कभी खुद मोहब्बत किया ही नहीं है। जिश खून को बहने की कफस में आज हम रहते हैं वो हमारे ही भाई बहनो का है जो आजकल के समाज को पता नहीं। फ़रजा भारत की नींब हमारे सारे धर्मों ने एक होकर की थी आज भी सिरफ एक मिट्टी बन कर रह गई है, क्योंकि उनके समाज में जाओ तो वो तुम्हें नहीं रहने देंगे, मोहब्बत की सुरबात न सिरफ एक ही नफ़रत बे शुमार है में कुछ कहना नहीं चाहता है कि याद करो वो दिन जब कुछ नहीं था हमारे पास भाईचारे के इलावा, मोहब्बत के इलावा। प्यार बात और प्यार ही करना चाहते हैं वो किशी धर्म का क्यूं ना हो ....

जीवन इस बारे में नहीं है कि हम अपना जीवन क्या मुख्य हासिल करते हैं, क्योंकि अगर आप हर समय केवल कुछ से लाभ चाहते हैं, तो किसी भी तरह से यह संभव नहीं था क्योंकि जीवन हमेशा एक दो तरफा चेहरे की तरह व्यवहार करें जिसमें एक सकारात्मक है और दूसरा एक नकारात्मक ..

सुमीतकुमार

भूमिका

सुमीत कुमार

सुमीत कुमार, एक वयस्क जो जीवन के कई चरणों का अनुभव करता है, एक प्रसिद्ध लेखक और नए युग के लेखक हैं। वास्तव में वह एक लेखक होने के साथ-साथ गायक, कवि, शायर, उद्धरण लेखक, गीत लेखक और एक कलाकार भी हैं। एंकर या स्टैंडअप कॉमेडियन। उनके बारे में बहुत ही रोचक और दिलचस्प तथ्य यह है कि वे नए युग के लेखक हैं यानी उन्होंने अपने लेखन की यात्रा उस उम्र में शुरू की जब वह अध्ययन करने के लिए स्कूलों जा रहे थे। उनकी 100 पुस्तकों की स्ट्रीक महान होगी भविष्य में उनके लिए उपलब्धि, उनकी कुछ प्रसिद्ध रचनाएँ यानी प्रेम की परिपक्वता (शैली _प्रेम) स्वप्न की गोपनीयता

(शैली-मध्य वर्ग की जीवन शैली)।

आप नोटियन प्रेस, अबे बुक्स, इम्युजिक इन, फ्लिपकार्ट, एमेजॉन, किंडल, इंस्टेंट रीड लाइक ईबुक, किंडल, गूगल, इंटरनेशनल साइट्स और कई अन्य से भी उनकी किताब खरीद सकते हैं।

स्पॉटिफ़ पर पॉडकास्ट: @ ब्रोकन हार्ट

इंस्टा आईडी: बुकहब92

जीमेल: सुमितकुमार 88234

लिंक्डइन: सुमीत कुमार

पावती (स्वीकृति)

सुमीत कुमार

सुमीत कुमार, एक वयस्क जो जीवन के कई चरणों का अनुभव करता है, एक प्रसिद्ध लेखक और नए युग के लेखक हैं। वास्तव में वह एक लेखक होने के साथ-साथ गायक, कवि, शायर, उद्धरण लेखक, गीत लेखक और एक कलाकार भी हैं। एंकर या स्टैंडअप कॉमेडियन। उनके बारे में बहुत ही रोचक और दिलचस्प तथ्य यह है कि वे नए युग के लेखक हैं यानी उन्होंने अपने लेखन की यात्रा उस उम्र में शुरू की जब वह अध्ययन करने के लिए स्कूलों जा रहे थे। उनकी 100 पुस्तकों की स्ट्रीक महान होगी भविष्य में उनके स्लिए उपलब्धि, उनकी कुछ प्रसिद्ध रचनाएँ यानी प्रेम की परिपक्वता (शैली _प्रेम) स्वप्न की गोपनीयता

(शैली-मध्य वर्ग की जीवन शैली)।

आप नोटियन प्रेस, अबे बुक्स, इम्युजिक इन, फ्लिपकार्ट, एमेजॉन, किंडल, इंस्टेंट रीड लाइक ईबुक, किंडल, गूगल, इंटरनेशनल साइट्स और कई अन्य से भी उनकी किताब खरीद सकते हैं।

स्पॉटिफ़ पर पॉडकास्ट: @ ब्रोकन हार्ट

इंस्टा आईडी: बुकहब92

जीमेल: सुमितकुमार 88234

लिंक्डइन: सुमीत कुमार

1

भावनाओं का विस्तार

कहते हैं मोहब्बत एक ज़रिया है, एक अहसास है किशी को पन्ने का, काहे वो इंसान हो, ये उसे याद करता है, ये किशी चीज की कफस से निकलना ही क्यों ना हो, अगर हम कभी कभी भी थोड़ी देर तक ही सही पर आपके कहने वालो के करीब कभी नहीं आने देता है, इंसान की फ़िदरत बदलती है, ये तक की जो तालाब है कि कहीं भी कभी नहीं आता है। कहीं फिर जकार बदल जाति है, प्रति मोहब्बत कभी नहीं, क्योंकि मोहब्बत एक ऐसी कशिश है जो कि तमन्ना है जो कि कभी नहीं रुकी, ये तुम कहीं ये एक ऐसी है जो कुछ भी पास है ..इंसान भले ही मर जाए प्रति उसके नफ्स हमेश उस मोहब्बत का इंतजार करता है जिस्की खविश आजकल हर किशी को है बदले में उनकी कहानी अधूरी ही क्यों न रह जाए, आज के लोगों में बहुत कुछ हैं है, बहुत कम लोग होते हैं जिन्की अदा त भी उनकी मोहब्बत से ही सुरु होती है, और बहुत कम ऐसे लोग होते हैं जो बिना वजूद के अपनी नफ्स को उस साक्षी के हवाला कर देते हैं जिनसे वो फिर कभी मोहब्बत करता है की यह विज्ञान की सोच ने जन्म लिया है ये उसकी नीब पर ही हमारी दुनिया कायम है ये हमारी पूरी दुनिया की बनाबत विज्ञान की वजह से हुई है ही सोच की लकीर विज्ञान के हाथों में है पर उसकी लिखावत हमशा मोहब्बत की ही होती है, अगर किशी घर की बनबत सिरफ इत्त से हो ना तो वो भी बहुत वक्त अपनी नीब की बनबट सही उस पर उसे जरूर जानती है उसमे मोहब्बत की इनायत ना

हो तो। क्योंकि उसमे प्रेम की मिलावत सिफर है, ये एक आयशा हसीन पल है जिसकी है क्योंकि हम एक मैंने जो साथी की जरूरत होती है, जो हमारे साथ हर वक्त रहे, वो हमारी हर तालाब का जरिया बने, और जब पूरी दुनिया हमारे खिलाफ रहे तब भी उसकी मोहब्बत, उसकिदा परचाई, और हमारी हमारी लिखा किस इंसान के वजूद में बनायी है, वो आगे जकार कायम रहे।

ये कोई जरूरत नहीं की मोहब्बत की सुरूरत किशी को अपना मान कर ही क्यों गई सच्ची मोहब्बत भी उन्हीं के उनमें से है जो एक दसरे है अंजान है, हीर रांझा, लैला मजनू, बाजीराव आज पूरी दुनिया उनकी बातें करती हैं, भले ही इनमें से मोहब्बत में आगा जकर मार्ग ही नसीब हुई पर इतने सारे को फिरोग दिलाने की। कहते हैं जीना मरना तो उस खुदा है हाथों में है, प्रति उसमें -शुमार दौलत मोहब्बत के हाथों में है। , जहां विज्ञान हिफाजत है वही मोहब्बत फतेह है .पर इनसे भी ज्यादा नादामत की बात ये है कि ईश समाज को ये मंजूर नहीं की मोहब्बत उनके नसीब में रहे तो यंक अगर इतिहास को पलट के पाव आज की है जिन्होने एन सब की मोहब्बत को मार्ग का ज़रिया बना दिया। अगर कोई सिर है तो ऐसी भी मोहब्बत की हर उस वजूद का गला भूत देता है जिसे तमन्ना सिरफ किशी को कहने के फिराक में रहती है। नहीं, क्योंकि इनके बे- बुनियाद असूल हर वक्त किशी ना किशी दो प्रेमियो के बीच फुरकत की वजह बनते हैं, प्रति ये समाज भी खुद के रंजिश से वकिफ नहीं है क्योंकि वह जिस वजूद को आज तक लगे हैं मैं वजूद एक मातृ नादामत बन कर रह जाएगी और कुछ नहीं। खैर जिश तरज की टार्ज सब को जरूरत है वो सिर्फ और सिर्फ सच्ची मोहब्बत है और कुछ नहीं। ,पर उनके नफ्स जो है आज तक एक दसरे के तखय्युल में आपकी ससेओं को आपके जीने का ज़रिया मानता है ....

> *"तेरी यादों के*
> *सहरे ही*
> *हमसे आजतक*
> *मार्ग ने कोई रब*

सुमीत कुमार

न रखी

क्योंकी जब भी
उसकी आहातो
मेरे जुबानी
प्रति आति है

तेरी यादें ही
उश वक्त
उशे मिताने
की रिवायत
बन जाति है ..... "

" *मुकाबिल हुन तेरा*
फुरकत की वजाही
ना बना
आगर रिवायती
करनी ही है
मुझे मिटाने की
तो जरा उस्की
फरोघ तो दीखा ....
"

2

हीर रांझे की दास्तान

1920, ये किशी की कहानी नहीं बाल्की ये एक आयशा इतिहास है उन दो प्रेमियो की जिन्की मोहब्बत एक दसरे के लिए कभी नहीं बदली, अच्छे ही उनके देश के बतावरे हो गए और वो खुद भी फिर अलग हो में की तरह कभी काम नहीं हुई है, ये कहानी उन्हीं गलियों और मोहल्ले की है जहां भी है दर्द का साया पर बच्चों की खुशी वह हर रोज एक नया सवेरा लती थी, वहा भले ही सियासत की चलती पर तब हम मोहब्बत के नाम से जानते हैं, कहते हैं मोहब्बत एक ऐसी परचाई है जिससे इंसानियत कभी नहीं डर है, महलो की बनबत है मोहब्बत, किशी की कहत मोहब्बत, बच्चों है मोहब्बत खुश वजूद है मोहब्बत तो किशी हमदम के लिए उसकी तरज है मोहब्बत। ये कहानी न वह किशी हीर और रांझे की है, न ही किशी रोमियो और जूलियट की, ये कहानी तो उन दो प्रेमियो की है जिने जाने में इन्हें भी पता है है, जिन्के नाम भी उस खुदा के तलफुज से मिलते हैं तो आई उनकी प्रेम कथा को जनता है और ऐसी भी कौन से ऐसी मोहब्बत है जिसे खुदा के लकीर की लिखावट ही बदल दी...और हा एक बात और सफर में ही हैं जो मोहब्बत वो खुद ही जहीर करेंगे। तो ये कहानी उस वक्त की है जब हमारे देश के बटवारे नहीं हुई थी, मेरे मतलब है हमारी भारत मा के दो टुकड़े नहीं हुए थे, हमारी एक मिट्टी के दो हुए थे। के लिए उस वक्त थी उनके दो टुकड़े नहीं हुए थे, ये सफर उसी मंजिल की है जिसी बनबत खुदा ने कभी पूरी की ही नहीं। लाहौर

की ही एक छोटे से गानव की बात है रामजिस्का नाम हुई जब 1920 में लोगों के लिए अंग्रेजी से लड़ रहे थे, वह 1920 में एक जमींदार के घर लड़का मिला हुआ था, तबीर ने जिश घर में जन्म लिया था, वो एक घर तो वह एक था का भी घर था, क्योंकि उसके पिता जी वह के गानवाले बे-शुमार म वहां पर करते थे, और उनकी इज्जत भी करते थे, उस गानव में कोई भी डिककत क्यों न आए वह के लोग अपनी सारी परशानियो को लेकर उन्ही के पास लेकर जाते थे, वो मातृत्व एक ऐसे थे में नहीं थी, वो भले ही लगन देते प्रति आपकी मर्जी से, अंगरेजों ये वह के राजा के कहने पर बिलकुल नहीं। वैशे तबीर के पिता का नाम दुशांत चौधरी था जो की एक आइश परिवार से संबंध करते थे थे जिन्के आनुवंशिकी भी कभी किशी के गुलाम नहीं रहे।उनका मन ना था की हम इशी दुनिया में सिरफ एक ही चीज के गुलाम है वो सिरफ ही वह ज्यादा खुदा है हम उसकी लिखावत से डरते है, न ही उस तकदीर से जो उस ने हम दी है। उनका ये भी मन्ना था की, अगर किशी चीज से आप अंजान हो तो, वह जाने ने कभी एक ही कितना मोहा वो वजाह जो हम के दसरे के रकीब बनने से अलग करता है, अगर मोहब्बत न होती तो जिस मंजिल पर हम चल रहे हैं वह आपकी नफ्स भी अपनी रकीब होती है। भगत सिंह जैसे महान योद्धा, ये चंद्र शेखर आजाद हो ये सब और इनकी नफ्स आज तक इनकी रकीब इसलिये नहीं बनी। क्योंकि इनकी मोहब्बत जो हमारे देश के लिए कभी है वो मरते नहीं कभी ही कभी भी खुद को अपने देश प्रेम के भाऊ में मैं इतनी और चीज को आने दिया, क्योंकि उस वक्त भी इनकी तालाब इनकी मोहब्बत ही थी जो हमारे देश में आजतक जिंदा, 1920 में जहां तबीर ने जन्म लिया था वही मुसलमानों के परिवार में बहुत ही सच है है, उनके लकीर की लिखावत भी एक दुसरे के एक ही होती है, वैशे ये भी बताता है कि जिश परिवार से अकीदा संबंध करता है, वो परिवार कोई बड़ा परिवार नहीं था, मेरा मतलब है कि कोई दूसरा नहीं है। ये बड़े जमींदार थे, व्यवस्था के हस्ब से अब्बू जान एक लोहार थे पर आप सब को लग गया होगा की ये वजाह हो शक्ति है की वो दोनो मिल न पाए, पर ये दूर है तो दूर है तक इनसे नहीं मिलती, और एक राज की बात ये है की तबीर का परिवार और अकीदा का परिवार भी दो

अलग धर्म से संबंध करता था पर उनके पिता कफी अच्छे दोस्त थे वो भी बचपन से साथ में पढाई की, साथे में ही खेलो खुदे, साथ में पाठशाला जाते और भी बहुत कुछ, जिश दिन अकीदा और तबीर ने जन्म लिया था उसी दिन ये तय होगा था की मैं अकीदा चौधरी परिवार की ही बहू बनेगा और किशी की नहीं, वैशे ये बताता भूल गए की अकीदा के अब्बू का नाम सफर खान था, जो की एक कफी अच्छे इंसान थे, और गानव में भी जब मैंने सबसे पहले पूरा करने के लिए आगे की अकीदा के पिता ही आते हैं। नहीं होती क्योंकि इसकी सुरूरत ही सिफर से होती है, क्यों की मोहब्बत वो तालाब है जिसकी तमना ही मार्ग है और कुछ नहीं पर इसकी वजाह कौन है, इसकी मातृ एक यह वही है जो है जो की दरिंदगी है। बे-शुमार दर्द देकर मार्ग देना, दरिंदी का तो मतलब ये है की जीते जी किशी की नफ्स को उससे डर कर देना और हमारे अलग होने की वजह हमारा देश ये उसके लिए नहीं है यह कोई नहीं है। कहीं एक आइश समाज देखें हुई जिस्की सुरूर आत भी दरिंदी है और अंत भी दरिंदगी ही है, खैर इतने करवे अल्फाज में क्यों कह रहा है यह पता ही चलेगा। जिश मोहब्बत को दो परिवार ने उनके बचपन में ही तय कर दिया, वक्त में जहां राधा और कृष्णा की प्रेम कहानियों की चर्चा होती थी क्या वही तबीर और अकीदा के मोहब्बत में हो गी, वैशे ये राज तो वो दोनो ही बता सकता है जिन्की मोहब्बत की अभी क्या होता है। वो कहते हैं ना मोहब्बत भी एक ऐशी डबा है जो सही समय पे मिल जाए तो किशी इंसान की जान बच भी सकती है और अगर गलती से वक्त पे ना मिले तो जान भी हो जाती है। ये किशी को कभी सिफर देती है तो कभी उसकी पूरी फतेह ही...

> *"मोहब्बत भाले*
> *ही सिफर है*
> *मेरी*
> *प्रति इसकी इनायत*
> *से सब वक़िफ़*
> *हाई*

सुमीत कुमार

और तुम जो
मुझे मिटाने की
कोशीष कर रहे
हो
उस्की खास
भी कही ना
कहि
ईशी की ख़विशी
है............
          ,,

"कुछ नया
करने की तलब
हाई
प्रति अफसूस कि
बात तो ये
है
कि
मेरी तलब
ही अभी सिफ़ार
है ....
          ,,

3

भविष्यवाणी वास्तविकता

वो कहते हैं ना अगर किशी चीज की ख्विश हो तो उसे कभी ये पता नहीं होना चाहिए की आपको वहां तालाब है, ये आप उसे मंजिल पे हो, मेरा मतलब है अगर आपकी कहीं चीज है तो कभी कभी है से कुछ नया नहीं मिलेगा क्योंकि जो लिखावट पहले से ही तकदीर बन कर आई हुई है वो कभी नहीं बदलेगी, और जहां हमारी सोच सुरू होती है वह उस वक्त की लिखावट खतम होती है, वक्त से हमें वक्त के आगे चलने की रंजिश कार्ति है और हर उसके राह पर खुद को गलत भी सवित कार्ति है। यह लिखाव ऐसी भी है जो खुदा के लिखावट से भी अलग होती है, उनकी मोहब्बत भले ही उस वक्त एक फतेह की तरह उनके नफ्स में थी, प्रति जायद वक्त तक नहीं, अकीदा और तबीर बाद में ही तेजी से आगे बढ़ रही थी, भले ही खुदा की लिखावट में उन दोनो का मिलाना तय पर क्या खुद की लिखावट में वो एक थे, मेरा मतलब है चौधरी साहब और खान साहब जो की उनके पिता थे, भले ही उन्हों मिलाने के लिए थे की सोची पर क्या सबको ये मंजूर था, क्या ये सफर उन दोनो का उस वक्त मंजूर था, जिश नया शि जिंदगी में उनकी मोहब्बत ने कदम रखा था क्या वो उन मंजूर था। जहां से उनकी मोहब्बत सुरु हुई जो की थोड़ी करवी, थोड़ी मीठी, और बहुत सारी कहत वो भी एक दसरे को पन्ने की। जब वो डॉन 5

साल के थे तब से उनकी मोहब्बत त्ने एक अलग ही रूप ले लिया था, मेरा मतलब है जिश उमर में हम मोहब्बत शब्द क्या होता है वो नहीं जानते उस उमर वो इतने करीब आ गए थे की एक दसरे के बिना वो कभी नहीं कभी एक दोस्ती का हाथ नहीं बढ़ा क्योंकि वो उस उमर में भी सबसे यही कहता था की, अकीदा है ना तो मुझे किशी और दोस्त की क्या जरूरत पर अकीदा बिलकुला आइशी नहीं थी वो तबीर से तब केला अलग थी उसे। के जैसे अकेले रहती थी न ही उसके जैसे हर वक्त उसके सोच में,

सीधे सीधे लफ्जो में कहु तो ये मोहब्बत पहले के तरफा थी पर मुझे आगे का कुछ नहीं पता वो तो आपको खुद ही दिखेगा क्या होगा, ऐही भी बात नहीं थी कि किसी और उससे मोहब्बत नहीं थी सोची थी पर वो उस सिरफ उस वक्त एक दोस्त की तरह मंती थी, वो दोस्त जो उसकी हर एक बात बिना कुछ कहे ही समाज जाता था, वो दोस्त जो उसके लिया किशी से भी लड़डू सकता था, वो दोस्त जो पाठाला में मैं पढ़िये छोटा कर उसे पढ़ाने की कोसिस करता था, और जब कोई शिक्षक उससे कुछ पुछते और वो न बता पति, तब भी उसे उसके साजा वो खुद झेला, मैं एक बात सही कहु तो मुझे इस वक्त में एक बात सही है की ये कौनसी मोहब्बत है जो एक दसरे को पता ही नहीं की वो क्या है एक दसरे के लिए, क्या उन दोनो को इसकी आहट नहीं हुई क्या, मैंने जो भी अल्फाज कहा उसके लिए 12 सा माफी मांगा हूं क्यों के बच्चे थे, प्रति क्या जो अब हुआ उनके साथ तब उन्हे आहट नहीं इसकी, एक तरफ़ा प्यार और एक तरफ़ा मोहब्बत बिलकुल उस खुदा की इनायत की तरह होती है जो हर किशी के उनसे में नहीं होती, कहार आगे देखते हैं क्या होता है, तबीर भले ही जिश उमर में था उस्म भी कभी भी जो मेरे ख्याल से, प्रति कहते हैं अगर मोहब्बत सच्ची है ना काहे वो एकतरफा ही क्यों ना हो वो उमर और किशी की कहत नहीं देखता बैश हो जाती है। कुछ भी वो उसके लिए करता वो कभी उसके बार एमिन सोचती भी नहीं थी पर फिर भी तबीर को सब पसंद था जो की अकीदा को पसंद था, कहे वो मीठी खिर हो ये जलेबिया ही क्यों ना हो,

शायद ईश वक्त मुझे मेरे अल्फाज रौकने परगे क्योंकि जिश मोहब्बत ऐ तरज की में बात करने बाला हूं। वो जरा तबीर से ही सुनते हैं।

उससे हमारे उमर की सीमा भले ही छोटी हमारी सोच भले ही मिट्टी के घरो जैसी कच्ची है, उससे भी ज्यादा मोहब्बत करता है, मैं चाहता हूं की जब हम बड़े हो जाएं तो उसमें हर गम और खुशी का साथी बनना चाहता हूं, उसके कुछ कहने से पहले ही, उसे वो हर खुशी देना चाहता हूं जो मेरी लिखीत है, खैर में जहीर तो नहीं कर सकता है उस पर उससे मोहब्बत का मैं पता है कभी डर नहीं जा सकता, जब में बड़ा हो जाएगा न तो उसे मैं बटुंगा की उससे में कितनी मोहब्बत करता हूं। कहता, वो कहता था की आगे जकार जब वो और बड़े हो जाएंगे तो वो उसे आपकी सारी लिखावत जो कि उसके बार में है वो उस वक्त उसे दे देगा। मोहब्बत भी कमाल की है ना जिससे हम मोहब्बत करते वो किशी ए उर की कहते रहते हैं, ऐसे में जो कुछ भी रहता है उनके लिए सब कुछ छोड़ देते हैं, और एक ऐसी दुनिया में उस वक्त चले जाते हैं जहां सिरफ और उसे याद करते हैं और कुछ भी

वो कहते हैं न अगर वक्त रहते हैं आपके हलत जाहिरा न हुए तो वो हलत और जज्बात, जो आप किशी के लिए महसूश करते हैं। ये किशी को इसे बार में बताना चाहते हैं। मैटलैब है मोहब्बत भी एक तालाब की तरह है आज, जिसी तमना तो चारो तराफ है पर नस्सेब में उसे ही मिलती है जिसे कहते हैं। कि अकीदा को उससे मोहब्बत नहीं वो सिरफ उसे एक अच्छा दोस्त मेंती थी, उस वक्त उसे ये सिर्फ महसूश होता था, पर कहते हैं न मोहब्बत में किशी की आहट किशी को फन्ना कर देता और जिश है को भी मर जाती है, उसके बाद कुछ रहता ही नहीं कुछ सही करने को किशी से, क्यों जो फुरकत हम मोहब्बत में मिलती है वो इश जहां में किशी के पास है ही नहीं। खतम होने वाला था तबीर के लिए, किस शी और के आने से श्याद, वैशे उस साक्षी का नाम तो अभी नहीं पता प्रति खुद ही देखो आगे क्या होता है।

"अजीब नादामात

मिली है तुझे

इश्क

में

(2)
क्योंकी ना
तोह वो नफ्स
है मेरे पास
ना ही वो वजाहः
जिस्के रबट से
हमारे महफिल
हर कोई
वक़िफ़ था ....
"

"एक तर्फा ही सही
प्रति मुहब्बत तोह
थी
तुझे कहने का
तुझे हासिल करने के लिए
एक ज़रिया तो था
प्रति बीई-गैरत
उश वक्त कि
परचाई पूर्वोत्तर
मुझसेः
वो भी छीन
लि ....
"

"की इत्तिफाक से
फुरकत मिली है
हमे
इस्मे कोई खुदा
की लिखावट नहीं थी (2)

और तुम कोशिश कर लो
हम मिटने की
प्रति प्रयोग पेहले
ये वक़िफ़ करदू (2)
की कोई ज़रिया
नहीं है हमारी
मुहब्बत को
मिताने की ....''

4

व्याकुलता का विचलन

1936 आज और तबीर पूरे 16 साल हो गए हैं, और जो बचपन की मोहब्बत थी तबीर को अकीदा से अब वो श्याम कुछ ज्यादा ही बढ़ गई है, जिश मोहब्बत उसने शुद्ध 15 साल तक किसी के सामने, अभी भी कभी नहीं आ गया तो और वो उमर भी, तबीर हमेश इशी बात से डरता की कहीं अकीदा ने उसकी मोहब्बत को नहीं अपना तो उसका क्या होगा, और जिश तिश्नगी से उसमे अपने सारे राज को सामने आने में किया तो फिर क्या होगा, क्या वो उसके हलत को समझे गी, जिश बे-शुमार कफस से वो गुजर रहा था क्या वो उस वक्त मिटेगी... वो अब ख़तम हो जाएगा। सावल तो केई है पर जवाब तो आगे देख कर ही पता चलेगा की तबीर और अकीदा की जिंदगी में क्या होने वाला है। आपकी रक्त को बहा के उसके सामने कोई भी मुराद मांगे तो वो पूरी हो जाट मैं है, अगर वो सच में सच में हो तो। (सब ईश वक्त ये सोच रहे होंगे की इश नड्डे का बहाब इनकी मोहब्बत में कहा से आया) वो कहते हैं न अधूरी कहानी और इतनी मोहब्बत मन में कहता है बेहतर यही की उसे पूरी तरह से जान ले। जिस दिन तब आपने दिल की बात अकीदा को बताया जा रहा था उससे पहले वो उस नदी के किनारे भी गया था की उसमें मोहब्बत कबूल हमारे लिए और क्या हुआ था वही लोगो का तो यही मन्ना था पर

सचाई क्या आजतक किशी को पता नहीं। जब वो अपने मन्नत पूरी कर के अपने घर जा रहा था तबी उसे देखा की अकीदा बड़े ही तेज गति से ऐसी ही नदी के पास जा रहा था था, वो देखते हुए उसे भी उसका पीचा किया, और जब वो वो पौंच गया तब उसे ये देखा की वो खुदखुसी करने के लिए नदी में कुड़ गई, तबी उसे पुकारते पुकारते तबीर भी उस नादे में उसमें शामिल हो गए। भी गया वो वो से कभी लौट कर नहीं था, ये बात वो दो जान ते थे पर तब भी ये बात जाते हैं तबेर उसमे उसे बचाने के लिए बिना आपकी जान की परवाह किया बेगेयर कुड्ड गया।)उस दिन मार्ग के जो असूल थे, तबीर ने उसे तोड़ दिया था वो भी अपनी मोहब्बत से, क्यों उस नदी की किनारे पर भी मार्ग ही हमा रहती थी, प्रति उस दिन जब वो दोनो कुड्डे, क्या नहीं। था तबीर ने अकीदा को बचा लिया, प्रति जिश मोहब्बत में उसे बिना कुछ सो आप जान को दाऊ पर लगा दिया बिना कुछ सोचा समझे। उसी मोहब्बत ने उसे वक्त उसे जीते जी मार्ग का मुशफिर बना दिया। से बाहर आए तब क्या हुआ और उसके खराब क्या बातें हुई आप सब खुद ही देख ले। ताबीर: ये क्या करने जा रही थी अकीदा आप? और आए क्या हलत आ गए हैं जो आपको ये सब करना पारा। ताबीर: में कुछ कुछ राहु हूं अकीदा, ये सब क्या है, क्यों खुद को मार्ग देना चाहता है। ताबीर: अकीदा अगर आपने कभी भी मुझे अपना एक सच्चा मित्र माना है तो आप हमारी आंखें में देख कर कहिए, कौन से वजाह है जिस्की वजाह से आपको इतना बड़ा कदम उठाना परा।

"अकीदा :..........................
ताबीर : बोलिये अकीदा.
अकीदा : तुम्हे हमारे अल्फाज़ सुन्ना है, तुम्हे हमारी वजाह जननी है की हमने आयशा कदम क्यों उठाया..हा, तो सुनो, तुम हो वजाह जिस्के वजह से मैंने ये कदम उठाया है।
अगर मुझे आज मौत भी नसीब होती तो उसकी वजह सिर्फ और सिर्फ तुम होते तबीर।
ताबीर: मुझे कुछ समाज नहीं आ रहा है कि आप क्या कहना चाहिए, और कौन से ऐसी वजाह ऐसी दोसी में हूं,

कौन सा अपराध किया है मैंने...
अकीडा : आप मुझसे इतने (विवाह) करना चाहते ये
आपने क्यों नहीं बताया पहले।
तबीयर: ये किसने कहा आपसे मैंने कभी ये सोचा भी
नहीं और न ही में आपसे मोहब्बत करता हूं, में तो सिर्फ
आपको एक सच्चा मित्र मानता हूं, हमारे बीच मोहब्बत का
कोई भी वजूद ना तो आज है किशी और से मोहब्बत करता
है जिसके न फातिमा है में तो बश ये आपके पिता श्री को
बताने जा रहा, तब मैंने आपको देखा की आब बड़े ही तेज
गति से नदी के पास जा रहे हो।"

(मोहब्बत में जो त्याग होता है वो वही समाज सकता है जिसे सच में मोहब्बत की है, उस दिन अकीदा ने ये तक जाने की कोशिश नहीं जो अल्फाज वो तबीर के सामने के जैसा होगा क्या असर, आने बसकी परचा बनकर उसके साथ रहता था उसका क्या होगा, अकीदा ने तो अपने सारे दर्द ज़हीर कर दिए पालतू तबीर के दर्द वो अब आपके झकम वो उसकी बातें ने दिए, क्या उसे कोई डब्बा है, कर लिए, प्रति क्या आपकी मोहब्बत को पिन्हन कर पाएगा, ये शायद न मुझे पता है न उसे। उसी कभी ये ज़हीर होने ही नहीं दिया की उनका जन्म ही एक दसरे के वजूद की वजह बनने के लिए हुए हैं, जिस दिन अकीदा तबीर के घर गई तबी उसने चौधरी साहब और आपके पिता को बात करते हैं। कर दें चाये क्योंकी आब उमर सही है की वो एक दसर जाने को समझे और हमारी दोस्ती भी रिश्तेदारी में बदल जाए। बश ये बात सुन कर वो नड्डे में कुड़ कर जाने देने ही जा रही थी तबीर ने उसे देख लिया और वो भी उसके सामने, ये भागे की सोची, प्रति एक रहश्या ये भी है की वो साक्षी बहुत है कौन?

जिस तबीर की मोहब्बत की लिखावत ही बेदला दी, मोहब्बत जिंदगी का आयशा हिसा है जिसी तलाश आज तक किशी के लिए पूरी नहीं हुई है।

"दो पाहियो की तराहः
हम भी एक दुसरे के
साथी है
तू साथ रहे कह ना
रहे
हम तेरे लिए फिर भी एक
बीई- सखी है ..."

" की दर्द की तनहाई है
और कोई वजह नहीं है
खामोशी मेरे मनः
के अंदर है
और कोई वजह नहीं है
में ईश हद तक
टूट
चुका हू
की खुद को पता न पा रहा है
फिर भी
और कोई वजह नहीं है."

"ना ही कोई वजूद तेरा
ना ही कोई कशिश हुं
प्रति
अफ्सोस
तेरी मोहब्बत ही वो वजाह
हे
जिसके कारण से आज भी तेरा
मुशफिर हुन........"

5

प्यार के लिए अलगाव

यहां कहते हैं मोहब्बत वो ज़रिया जिससे हम दुनिया भी जीत सकते हैं, क्योंकि ऐसी कशिश ही एक तिश्ना है, एक तालाब जिशन कहने के लिए हम उस हद तक गुजर जाते हैं जो हमने कभी नहीं बनाया है क्योंकि विज्ञान की सोच से अगर हमारी दुनिया बनी है, तो मोहब्बत वो ज़रिया है जिसके कारण से ये अभी तक कायम है, वर्ना ऐसी बनाबत जो अभी तक मजबूर है वो शायद नहीं रहती है। थी तो, कहते हैं एक तरफ़ा मोहब्बत की कोई बनाबत नहीं होती, मुझे ये अल्फ़ाज़ और कहने के लिए तर्ज़ बिलकुल गलत लगते हैं क्योंकि, एक तरफ़ा मोहब्बत में जो तालाब रहती है वो श्यामा में कोई इश्क होता है है, की कौन है वो साक्षी जिसके कारण से तबीर की मोहब्बत अधूरी रह गई। सलीम जो की व्हा के हरपन मौला साहब का बेटा था जो की व्यवस्से से गायक थे, उनके बारे में कुछ खास तो नहीं पता पर हा वो एक ऐसे इंसान थे जिन्हे लोग उनकी गायिका से काम पर सलीम के नाम से ज्यादा है फिर लडका था जो हर किशी की मदद करता था शायद यही वही था जो इतना पसंद करता था? फिर तो मोहब्बत उसके लिए एक ज़रिया बन जाति है किशी तालाब को मुश्किल करने के लिए। में भी तराह बश ये मेरी पत्नी बन जाए और कुछ नहीं, तालाब अगर रंजिश बन जाए तो उसका कोई इलाज होता, क्योंकि

ये एक ऐशी तिश्नगी बन जाती है जो साहिल में हमहसा फन्ना ही सच्चा है। उन्हे सिरफ और सिर्फ मार्ग ही मिलि है किस्मत में और कुछ नहीं। और जिन्की मोहब्बत एक फरेब, एक ज़रिया है अपनी तालाब को बस पूरा करने की वो सिर्फ एक तमना ही बन कर रह जाती है उनके लिए और कुछ नहीं। कोई फ़र्क ही नहीं भाग, क्यूंकी वो कभी भी किशी एक लड़की की ख़्वाब रखता ही नहीं था, उसके लिए मोहब्बत वो खेल था जिसमे हर वक्त उसे फ़तेह ही छैये थे, और ये वही है, जो बरबादी भी है। जनता था की अक़ीदा से ख़ूबसूरत लड़की उसके गाँव में कोई नहीं है,

और वो ये कहता था की वो उसकी पत्नी भी बनने, और आयशा हुआ भी, मेरा मतलब है उसे आपके प्यार के दूर में उसे आयशा पता की वो आपके बचपन के साथी तबीर को भी खुद से अलग से नहीं मिला तो। जिश मोहब्बत की सुरूरत फरेब से ही तो बदले में आगे जकर फरेब ही मिला है, अकीदा जो सलीम को खुद से ज्यादा प्यार करता है उसके न मिलने पर उसे खुद कभी करता वक्त न ही तब से कुछ के लिए ये पुचा की वो उससे कितना मोहब्बत करता है, कितनी तीशनगी से जब वो उसकी तरफ देखता है तो खुद खुद भी यह पता नहीं रहता कि वो उससे कितनी मोहब्बत करता है। फिकर थी पर फरेब था तो दिखाना तो जरूरी ही था इशलिये उसे अपने फरेब को मोहब्बत में बदलने की आइशी कोषिश की उम्र जकार उसे वो मुकाम हासिल कर ही लिया जो वो कहता था और फिर कभी भी हम किसी और बाद अकीदा में का ये बदला आए थे, उसी के उसे तबेर से एक आइशी हिज़ ले ली जिस्की खविश किशी को नहीं थी, जहां वो रोज उससे मिल्टी आब वो महिने वो उससे भी एक दो बार ही मिली थी सलीम वक्त बदला ए बदला लिए और तबीर की अकीदा के लिए वो कहते हैं ना जब कोई आपके पास रहता है तो आपको उसकी कदरा नहीं पर जब वह आपसे आपसे कहीं दूर चला जाए तब आपको उसकी कदर पता चलती है, तब भी तब कोई आपके पास रहता है। पाया हो जाति है जो की कफी वक्त से थी ही नहीं, सलीम आपने गान में आइश केई लडकियो के साथ खेल चुका था मोहब्बत,मेरा मतलब है की अक़ीदा और तब्बर जिश गांव में रहते थे वही के बगल वाले गानव में ही सलीम रहता था, और उनकी मुलकत भी तबीर के वका से हुई थी, प्रति उसे क्या

पता था, कर एक ही गाएं में वो उश फरेब का जो सलीम ने खेला था अकीदा को पाने के लिए, प्रति तबीर ने कभी भी उससे ये ज़िक्र तक नहीं क्या वो सलीम से ज्यादा उससे मोहब्बत करता है, और करता भी कभी जो खुशी के वो एक्क़ेड से मिल कर आति, वो उस खुशी की रैवायत मीता नहीं शक्ति था, क्योंकि भले ही अकीदा को उससे मोहब्बत नहीं थी पर तबीर को थी, और जिश दिन अकीदा खुदखुशी करने जा रही थी और तब उस उसमें और तब मोहब्बत कार्ति तब उसे क्या बोला।

"ताबीर : क्या आप किसी से मोहब्बत करती हो ???
ताबीरः बोलिए अकीदा.....

अकीडा : हा मुझे सलीम से मोहब्बत है और में उसके बिना जी नहीं शक्ति, अगर खुदा ने हमारे रिश्ते को कबूल नहीं किया तो वो सिरफ हम मार्ग ही दे दे..

ताबीरः अक़ीदा आज तो आपने आयशा बोल दिया पर आप से गुज़रीश है दुबारा आइश लफ़्ज़ों को दुबारा मत बोलिए गा....

अकीडा: मेरी गुस्ताखी माफ करना प्रति में सलीम से बेइंतेह मोहब्बत कार्ति हुं और में इतनी से इतहाद करना चाहती हुं।

ताबीरः बस इतनी से खविश, चलिये मेरे साथ..
अकीडा : किश मंजिल प्रति जाना है......
ताबीर : हम्पे भरोश किजिये मंजिल आपकी ही है और बहुत खूबसुरत भी...
"

ये बात उन दोनो की हुई, और उस वक्त तब्बर अपने घर गया और उसे अपने पिता और अकीदा के पिता को भी समझौता, की अगर आज हम दोनो एक हो गया है तो मैं बहुत ही नजर में हूं। में अपनी मोहब्बत को ही मरना पर्रे वो मोहब्बत हम नहीं छै, में यही कहता हूं की अकीदा जिनसे मोहब्बत करता है वही उनके जीवन के साथी बने, उनमें कभी भी

कभी नहीं होगा केश तराह में आपने उनसे का वजूद बना लून, अपनी मोहब्बत बना जब की मैं में कभी मोहब्बत कर ही नहीं पाऊंगा। चौधरी साहब वह मौजूद थे, उस वक्त कुछ क्या नहीं बोला, ये भी एक सवाल ही है,

और तबीर सलीम को केश जनता था, और तबीर के वजाह से वो कैसे मिले, और क्या सलीम की सचाई आगे जकार अकीदा को पता चलेगा ये ईश कहानी अंत तबीर की एक तरफ मोहब्बत ही होगी, क्या कभी बताया होगा पायेगा, क्या वो साथ रहेगा, मैं नहीं। पे एक राज जरूर बताउंगा की एन सब आगे कर समाज का बहुत बड़ा हाथ, और बटवारे का भी, ईश कहानी की सुरूरत तो हो गई है पर आंटी 1947 की एक लिखावत में बात ये भी है की आगे जकार सलीम की मौत भी हो जट्टी है पर काशो, क्या इसमे समाज का हाथ है ये तबीर का, क्योंकि अकीदा से जितनी बे-इंतिया मोहब्बत वो करता था, वहा से वह ऐसा कोई कोता था मोहब्बत कर खातिर। और फातिमा क्या सच में एक दिखवा है एक ना की इसके पीछे भी काई राज है ??? इसमें लिखावत अधूरी नहीं है पर ऐसी लिखावत अभी पूरी भी नहीं कर सकती है क्योंकि अभी भी हिससे में अभी तक पिन्हान है। ये कहानी भले ही भारत-पाक की प्रेम कहानी है समाज को खोखला कर दिया ....

"खुदा की लिखावट हुं
किशी की
चाहता हूं मैं (2)
तालाब तो हरि
किशी को है मेरी
प्रति अफ्सोस
हर किशी की सियासत]
नहीं हुं में ....."

"हमदम नहीं था तेरा
फिर भी साथ निभाना

की कोषिश की थी
मोहब्बत नहीं थी
तुझे मुझसे
फिर भी अपनी लिखावट
तुहे दी थि
और हा इत्तिफाक
से ही सही
प्रति उश खुदा
ने मेरी तकदीर की
बनबत तेरे साथ ही
की थी...

मेरी फ़िकर का
ज़रिया है तू
मेरी तालाब कि
पहचान भी (2)
और जिश बे-शुमार
फरोघ की मुझे तिश्नागी
हाई
उस्की इकलौती हक़दारः
भी... ”

भ्रांति

ज़िंदगी जब कोई ज़रिया दे तो उसे एक बार ही सही प्रति

देखलना सयाद अगले वक्त वो

मौका ही न मिले

नहीं जिश वक्त आपको आपकी तालाब से दूर जाना परे

न ही वजूद तेरा, न ही कोई कशिश हुं

प्रति अफ्सोस तेरी मोहब्बत ही वो वजाह है

जिसके कारण से आज भी तेरा मुशफिर हूं

वक्त मोहब्बत से हमशा अलग होती है क्यूंकी ये बदलने का समय
तोह हमारे हक में कभी होता ही नहीं कितनी कितनी ही तालाब क्यूं
हो.......
किशी के इश्क की दुआ को हम कबूल कभी नहीं कर सकते हैं अगर वो
हमारे हिसे में लिखी गई है तो मुकमल वो हमे जरूर मिलेगी...........

"

मेरे इश्क़ की हर वो महफ़िल घुमसुदा है
तेरे जाने के बाद
शायद
इसलिए तेरी महफिल
में खुशियां है
मेरे जाने के बाद....... "